The Magic Chalk of Rita Elementary School

by Miss Kristan Thatcher's
6B English Class

The
Unbound
Bookmaker

THE MAGIC CHALK OF RITA ELEMENTARY SCHOOL
Miss Kristan Thatcher's 6B English Class

CREDITS
Special thanks go out to Miss Kristan's 6B English Class! Jelinda, J.R., Annmarie, Calynda, Carlson, Nesie, Shiko, Likita, Nelson, Biem, Ruth, Kai, Mwejak, Aliana, T.J., Riel, Aaron, Donnie, Kerry, Lanlon, Melinda, Melinda, Julius, Willmina, Miller, and Jotak—Thank you for all of your hardwork and dedication. This book would not have been possible had it not been for your joy, enthusiasm, and creativity. You are all amazing individuals. Thank you for being you!

A very special thanks also goes out to the parents and guardians of 6B, as well as the staff at Rita Elementary School. Your love and support has been greatly appreciated.

Grace Warren, if it were not for your gracious donation, this project would not have been possible. We are truly thankful for your generosity and kindness.

Jamie Zvirzdin, your dedication to and love of both the Marshall Islands and literature are the inspirations behind this book. Thank you for believing in and creating what is bound to be an enjoyable Unbound book!

Kom̧m̧ool tata,
Kristan Thatcher

THE UNBOUND BOOKMAKER
Find us on the web at: www.unboundbookmaker.com

To set up additional projects elsewhere in the world, please contact Jamie Zvirzdin at jamie@unboundbookmaker.com.

Editing, interior design: Elise Williams
Image editing, cover design: Tyler Beckstrom
Marshallese review: Cheta Anien
Production and publication: Jamie Zvirzdin

ISBN-13: 978-1-482-53943-1
ISBN-10: 1-482-53943-8

Printed and bound in the United States of America

Ajeļọk bōk in ñan ellewetak
ko an ajri in Ṃajeļ!

Dedicated to
the inspirational children
of the Marshall Islands!

Iakwe!

Eta in Marshall, im ñaij juon rijikuuļ ilo Rita Elementary School (R.E.S.). R.E.S. ej pād ilo Majuro, jikin kweilọk eo an Ṃajel in. Ej juon jikuuļ eo ekanooj ļap kōn joñan rijikuuļ ro eļapļọk jān 1,000, im aolep iien ewōr men ko eļap aer kaitoktok limo rej waļọk.

Raan eo iaar jino jikuuļ ej raan eo eaar kanooj kaitoktok limo ñan iō ilo R.E.S. Meñe emaroñ pen ñan aṃ tōmak ta eo ij pojak in jiroñ waj eok kake, ij kalliṃuri eok ke men otemjej reṃool. Tōmak iō, ijjab riab!

Raan eo jinoin tata in aō jikuuļ iaar mijak ke ṃaṃa eaar bōkļọk iō. Iaar jijōt iṃaan tata ilo jea eo aō, turin wōt Rose. Ālkin iaar iioon rūkaki eo aō, etan Mr. Thomas. Jeṃļọkin kilaaj eo raan eo, Mr. Thomas eaar kajjitōk ippa im Rose bwe kōmro en pād im karreoiki kilaajruuṃ eo.

Iaar kōṇaan ṃaabe ruuṃ eo im Rose eaar kōṇaan būruuṃi. Rūkaki eo eaar aikuj ilọk ñan opiij eo im kōṃṃan kape in jet peba ak kōmro Rose kar poub wōt im karreo. Ālkin amro karreoiki pedped eo, iaar kile ke tūroot eo eaar aikuj bar karreo. Iaar kate iō kōppellọke kejāṃ eo an tūroot eo ak eaar pen.

Hi!

My name is Marshall and I am a student at Rita Elementary School (R.E.S.). R.E.S. is in Majuro, the capital of the Marshall Islands. It is a very big school with over one thousand students, so there is always something very interesting happening.

The most interesting thing that has ever happened at R.E.S. took place on my first day of school. Even though it may be hard for you to believe what I am about to tell you, I promise you that everything is true. Trust me, I never lie!

It was my first day of school, and I was very nervous when my mom dropped me off. I took my seat in the front row, with my neighbor Rose. Then I met my teacher, Mr. Thomas. At the end of class, Mr. Thomas asked Rose and me to stay behind and clean the classroom.

I decided that I wanted to mop the floor. Rose wanted to sweep. We were very busy cleaning when our teacher had to leave to go to the office and copy some papers. After I finished cleaning the floor, I realized that I needed to clean the closet. I tried really hard to open the door, but it was stuck.

J.R. and Likita

"Rose e, kejām e epen! Komaroñ ke jipañ iō kōppeḷọke?" Iaar ba.

"Aaet," Rose eaar ba.

Kōmro jiṃor kar jibwe ḷak eo im kaneke ak ej pen wōt.

"Kate eok kaneke," Iaar ba ñan Rose.

Kōmro kar kaneke im bar kaneke ṃae iien eo kejām eo ej peḷḷọk.

"Wōjjej, ta ṇe?" Rose eaar ba.

"Ijaje, ij ḷōmṇak ṃōttan jọọk," Iaar ba.

Ilowaan tūroot eo, ioon po eo, juon ṃōttan jọọk errabōlbōl. Ijjañin kar ellolo men rot in ṃokta.

"Kejro kōjerbale im pija ioon boot kake," Rose eaar ba.

"Eṃṃan ḷōmṇak in," Iaar ba.

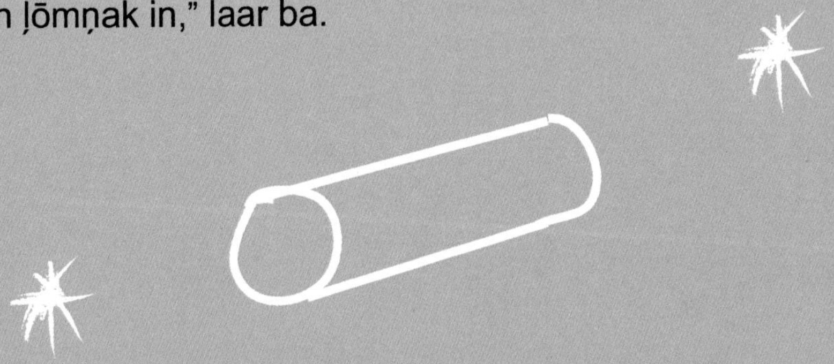

"Hey Rose, the door is stuck! Will you help me open it?" I said.

"Sure," said Rose.

We both pulled on the doorknob, but it was still stuck.

"Pull harder," I said to Rose.

We pulled and we pulled and we pulled until the door opened.

"Wow, what is that?" said Rose.

"I don't know, but I think it's a piece of chalk," I said.

Inside of the closet, on a shelf, was a glowing piece of chalk. I had never seen anything like that before.

"Let's use it to draw on the board," said Rose.

"Great idea," I told her.

Iaar bwilọkwe jọọk in ilo ruo ṃōttan im kōmro Rose kar jino pija ioon boot eo. Kōmro kar lukkuun ṃōṇōṇō im pija aolep kain men. Kōmro kar pija tūraeñkōļ ko, doulul ko, rōktāñkōļ im menono. Ālkin kōmro kar pijaiki juon kejām im kiiō ewaļọk juon men.

So I broke the chalk into two pieces and then Rose and I started to draw on the board. We were having so much fun drawing all kinds of different things. We drew things like triangles, circles, rectangles, and hearts. Then we drew a door and something incredible happened.

Melinda and Nesie

"Ta in ewaļo̧k?!" laar lam̧ōj.

Iien eo wōt pijain kejām eo eaar oktak im lukkuun juon m̧ool in kejām im jino an peļļo̧k. Ke kōmro kar emmōļo̧k ilowaan kōmro kar lo juon em̧ kilep-lep rabōlbōl.

"Wōjjej, ilukkuun kōņaan ilo̧k in lale m̧weeņ," laar ba ñan Rose.

"Ijjab jeļā eļaññe em̧m̧an bwe kwōn etal, emaroñ kauwōtata," Rose eaar ba.

"Ak ilukkuun kōņaan etal," laar ba.

"Ilukkuun mijak in etal, ñaij pād ijin," Rose ekar ba ñan ña.

"Em̧m̧an, ak dāpij wōt m̧ōttan jo̧o̧k ņe am̧, ñan am̧ naaj itok im pukot iō. Bar lo eok," laar ba im bakwujitok.

"What is happening?!" I yelled.

All of a sudden the drawing of the door turned into a real door and it slowly opened. When we looked inside we saw a big golden house.

"Wow, I really want to go see that golden house," I said to Rose.

"I don't know if you should go—it might be dangerous," said Rose.

"But I really want to go," I said.

"I'm too scared to go. I am going to stay here," Rose told me.

"Ok, but keep your piece of chalk, just in case you want to come find me. I will see you soon," I said, and then I hugged her goodbye.

Aliana and Mwejak

Iaar deḷọñ ilo kejām eo im eñjaake aō wōtlọk ilowaan. Joñan an kaamijak iaar jino laṃōj.

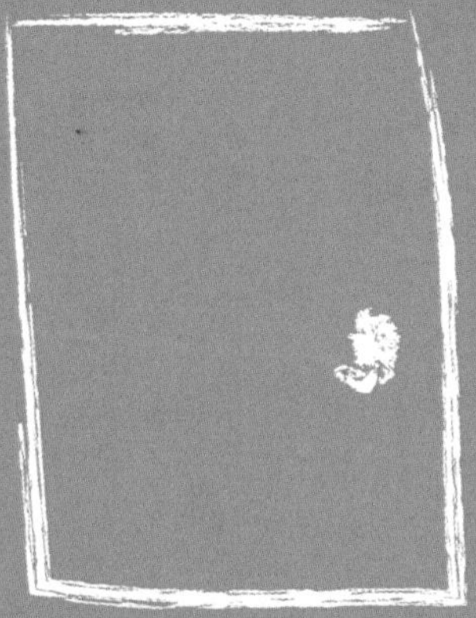

I then went through the door. I felt myself falling down and down. It was so scary that I started to scream.

Jelinda and Shiko

KŪRĀĀJ! Iaar eñjaake aō jok ioon pedped im men otemjej rekar marok. Innām iaar kōpeļļok meja im lo aolep men ko ipeļaakū rej kōm̧m̧an jān kouļ. Pedped eo ej kouļ, bōrwaj eo kouļ, kiin em̧ kouļ, jea im tebōļ ko kouļ. Tōre in kiiō ij lo juon kouļ kūraun aiboojoj ej pād ioon juon jea. Ilukkuun kōņaan kōņake kūraun kouļ in ak ikkōl ñe ewōr nana eņ iioone. Kūraun kouļ in eļap an lukkuun aiboojoj im kakilaajaj. Ij aikuj likūt ioon bōra.

CRASH! I felt myself fall onto the floor and everything was dark. Then I opened my eyes and saw that everything around me was made of gold. There were gold floors, a gold ceiling, gold walls, gold chairs, and a gold table. That is when I saw a beautiful crown sitting on a chair. I really wanted to wear the crown but I thought that maybe I would get into trouble for putting it on. But the crown was so beautiful and bright. I had to put it on.

Kai and Donnie

Iaar jibadōkļọk jea eo im likūt kūraun eo ioon bōra. Kiiō wōt, aolep kain armej ro kajjojo rej jokwe ilo m̧weo raar ettōrtok ñan ippa. Armej ro rej jino jillọk iturin neō, im kūr iō Kiiñ, rej letok menin letok ko ekajjo wāweier im bar letok m̧ōñā ko. Iaar kanooj em̧m̧ōṇōṇō kab ke kiiō ña juon Kiiñ. Iaar kōṇaan pād wōt ijo ñan indreo.

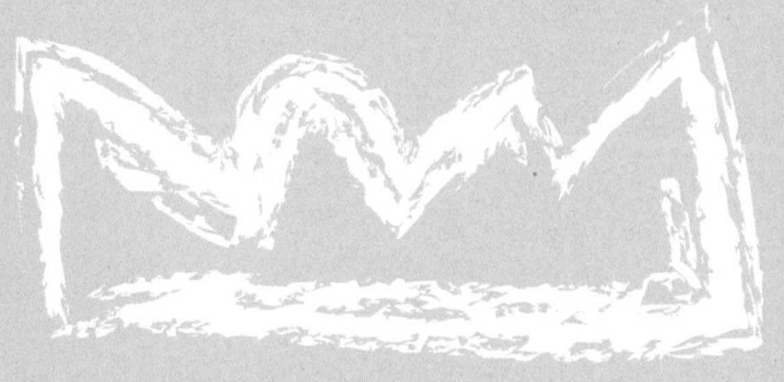

I walked over to the chair and put the crown on my head. All of a sudden, all kinds of people who lived in the golden house came running up to me. People started bowing at my feet, calling me King, and giving me gifts and all kinds of great food. I was having a great time and loved being King. I wanted to stay there forever.

Calynda and Willmina

Ruo rūwaj rej ettōr tok ke ij jijet ilo juon tebōḷ im ṃōñā. "Ruteej eṇ, ewōr rikọọt repād ijin rekōṇaan kọọte kouḷ kein aṃ. Kwōn jipañ kōm bwe ṃōttan wōt jidik rejāde."

Iaar ikkūṃkūṃ, ijaje in et. Iaar kōṇaan jañ im iaar jab bar kōṇaan Kiiñ kiiō.

"IJJAB KŌṆAAN KIIÑ KIIŌ!!!!!" Iaar laṃōj.

"Inaaj jipañ eok!" Iaar roñ an juon kōnono ipeḷaakū ak eaar ejjeḷọk armej eaar pād.

"Wōn kwe ijo?" Iaar ba.

"Ña, kūraun eo! Bōk iō jān bōraṃ im iṇaaj jipañ eok."

Iaar ilbōk im bwilōñ im bōk kūraun eo jān bōra.

"Wōjjej," Iaar laṃōj. Iaar jab tōmak ta eo ij kalimjeke. Kūraun eo ewōr mejān kooḷ im lọñiin kouḷ. "Kwolukkuun kōṇaan jipañ iō ke? Ijjab kōṇaan bwe in kiiñ kiiō." Iaar kajjitōk.

"Aaet, Ikōṇaan jipañ eok. Ñaij juon rojak kūraun im imaroñ kōṃṃan bwe eṃ kouḷ in en juon eṃ emṃan ñan jokwe." Kūraun eo eaar ba.

I was sitting at a table eating my food when two guards came running in. "Your majesty, there are bandits here who want to steal our gold. You need to help us! They are about to come in!"

I was so worried, I didn't know what to do. I wanted to cry and I didn't want to be King anymore.

"I DON'T WANT TO BE KING ANYMORE!!!!!" I screamed.

"I will help you!" I heard somebody say, but no one around me was talking.

"Who's there?" I asked.

"It's me, the crown! Take me off of your head so I can help you."

I was very surprised, but I took the crown off of my head.

"Wow!" I yelled. I couldn't believe what I was looking at. The crown had golden eyes and a mouth. "Are you sure you want to help me? I don't want to be King anymore," I asked.

"Yes, I can help you. I am a magic crown. I can make this golden house very safe," the crown said.

Ruth

Iien eo wōt kūraun eo ejino udiddid ilo peiū im iaar aikuj joļọke. Kiiō aolep kain pirōk ko rejino kātok jān kūraun eo. Pirōk kein rej kālọk ilo kejām eo im kōm̧m̧an oror pirōk peļaakin m̧weo im̧ kōm̧m̧an bwe rikọọt ro ren jab maroñ dreļọñ.

Iaar ettōr nabōjļọk ñan oror pirōk ko im ba ippa make, “Ta enaaj waļọk eļañne inaaj pijaiki juon kejām ilo pirōk kein?”

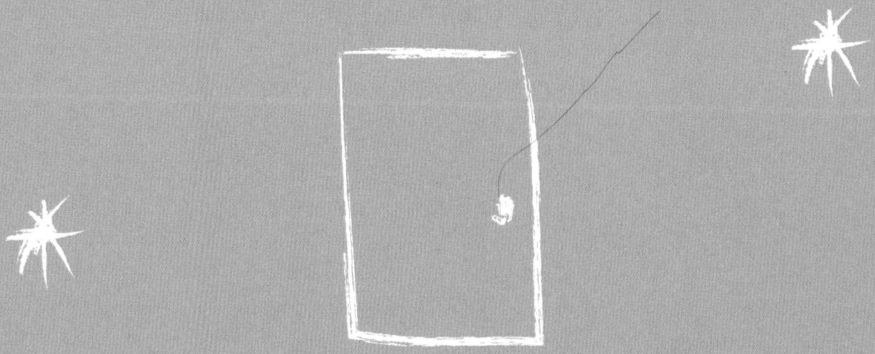

All of a sudden the crown started to shake in my hands and I had to throw the crown away from me. Then all kinds of bricks came shooting out of the crown. The bricks went out of the door and made brick walls around the castle so the bandits couldn't get in.

I then ran outside to the brick wall and thought to myself, "What would happen if I drew a door on the bricks?"

Aaron and Riel

Iaar bōk m̧ōttan jo̧o̧k eo im pijaiki juon kejām. Iaar lukkuun m̧ōn̄ōn̄ō ke eaar erōm lukkuun m̧ool in kejām. Ke iaar reilo̧k ilo kejām eo iaar mijak jidik kōnke iaar lo bwijin wōjke im ļaion ko rej pād ie. Iaar m̧akoko in pād ilo m̧weo kōm̧m̧an jān kouļ im iaar kālet bwe in driwōj ilo kejām eo.

Ejjab etto, im̧aō bwijin wōjke ko rekanooj aiboojoj im ijjañin kar ellolo. Ewōr wōjke ko, ujooj, juon reba im elōñ ļaion, m̧añke, jibra ko, eļbōn ko im wōn. Iaar iten jutak bwe in etetal ie ak ijaje jutak ioon neō. Ke iaar reilaļtak ñan neō iaar lo bwe raar āinwōt neen ļaion ko. Iaar kiiō kalimjek aolepān ānbwinnū.

"Wōj jej, iooktak im āinwōt ļaion," Iaar kajjeoñ kōnono ak ejjeļo̧k naan eaar diwōjtok jān lo̧ñiū, iaar iññūr wōt.

I decided to take out the piece of chalk and draw a door. I was so happy when it turned into a real door. When I looked through the door, I was a little scared because I saw a jungle and lions. But I didn't want to stay in the golden house, so I decided to go through the door.

Then in front of me was the most beautiful jungle I had ever seen. It had trees, grass, a river, lions, monkeys, zebras, elephants, and turtles. I was about to stand up to walk around, but I couldn't stand on my two feet. When I looked down, I saw that my feet looked like lion's feet. I then looked at the rest of my body.

"Oh, wow, I turned into a lion," I tried to say, but no words came out. I could only growl.

Kerry and Biem

Iaar reito reitak im lukkuun lelñọñ. Elōñ ḷaion ko repaake eō im raar jino kāteet nema. Iaar jeḷā ke reḷak āt nema enemān ḷaddik im jab nemān ṃool in ḷaion.. Ḷaion ko raar iññūr im kapooḷ iō. Iaar ettōr joñan wōt aō maroñ meñe ijaje ij ettōr ñan ia.

I then looked around me and got very scared. There were many other lions around me. They started smelling me. That is when I knew that they could smell that I was a boy and not a real lion. The lions growled at me and started to chase after me. I ran as fast as I could but I didn't know where I was going.

Miller and Carlson

Iaar jeṃļọk iturin juon wōtlọk ekoba ļaion ko iļọka rej kōpeļtok iō. Iaar ļōmņak jidrik kōn ta eo in kōṃṃane. Iaar reilaļļọk im lo juon reba bōtaab imijak in kelọk. Iļak reiliktak ļaion ko repaaktok im iaar kelọk ñan reba eo.

That is when I ended up on a cliff with all of the other lions behind me. I thought for a second about what I was going to do. I looked down and saw a river, but I was too scared to jump. I looked behind me again and the lions were coming closer so I jumped into the river anyway.

Nelson

Jide, bwe iaar maroñ aō im iaar aō ļọk ñan ijo edekāke im dān ej tọọrlaļtak ioon dekā ko. Iaar kapukot jọọk eo ak ijaje epād ia. Iļak lale ej pād ilo m̧arm̧ar eo ij m̧arōke. Iaar lukkuun m̧ōņōņō bwe ej pād wōt jọọk eo. Iaar utūk m̧arm̧ar eo im pijaik juon kejām ioon dekā eo epaakeļọk ijo dān ko rej wōtlọk tok ie.

Eaar kanooj pen aō pija ioon dekā ko ak ālkin aō kajjeoñ elōñ alen iaar maroñ pijaiki kejām eo. Meñe iaar m̧ōņōņō bwe em̧ōj aō pijaiki kejām eo ak iaar mijak in lo ta eo eņaaj waļọk ijo rāejet. Iaar reilọk ilo kejām eo im lo eļap dān im juon wa.

"Ikōņaan jepļaak," Iaar ba ippa make. Ijeļā ke ij aikuj deļọñ ilo kejām eo bwe in maroñ rọọl.

Luckily, I was still able to swim, so I swam to a rocky waterfall. I looked around for my chalk and I didn't know where it was. That is when I saw the chalk on a necklace that was around my neck. I was so happy that I still had the chalk. I took the necklace off and drew a big door on the rocks next to the waterfall.

It was very hard to draw on the rocks, but after a few tries I was able to draw a door. I was so happy when the door opened, but I was scared to see what was on the other side. I looked through the door and I saw a lot of water and a boat.

"I really want to go home," I said to myself. But I knew I had to go through the door if I wanted to try and get home.

Julius

Ke iaar reilọk ilo kejām eo dān eaar ejjādpitpit tok ñan meja. Iaar eñjaake kiiō aō wōtlọk . . . KŪRĀĀJ!!! Iaar wōtlọk im jok ioon juon wa im ikar nuknuk āinwōt juon rieọñōd. Iḷak lale ij jibwe juon bwā in eọñōd im, āinwōt kiiō ikōṇaan eọñōd ek. Iaar kepaakḷọk tōrerein wa eo im jino eọñōd. Eto aō eọñōd ak ejj-eḷọk ek itōbwe im iaar jino inepata. Ejjab etto, ij eñjaake illūjlūj.

"Wōjjej, ekọjōk," Iaar laṃōj.

Iaar kajjeoñ tōbwe lōñtak ek eo ak eḷap an eddo. Ek eo ej ettōrto ettōrtak. Iaar tōbwe ṃae iien eo iaar lelōñtak ek eo ṇa ioon wa eo. Iaar kanooj lelñọn kōnke ek eo ej itoitak ñan jabdewōt jikin. Dipōkpōk to dipōkpōk tak ioon wa eo. Ke iaar kalimjek mejān ek eo iaar lo ke ek eo ej pako. Pako eo ej dipōkpōk wōt im iḷak lale ewōḷañi lọñiin. Ekilep ñi ko ñiin im ijeḷā ke ñe ekiji iō inaajj mej. Iaar lukkuun laṃōj bwe pako eo epād turu, ejjeḷọk jikin aō ko.

When I went through the door I got a lot of water splashed in my face. I felt myself falling and . . . CRASH!!!! I fell into a boat and I was dressed like a fisherman. I saw that I was holding a fishing rod and, for some reason, I really wanted to fish. So I went to the side of the boat and started fishing. For a very long time, I wasn't catching anything, and I started to get mad. Then, all of a sudden, I started to feel something bite my string.

"Yay, I caught a fish," I yelled.

So I tried to pull the fish up but it was way too heavy. I could feel the fish moving around a lot. I pulled and I pulled until I pulled the fish out of the water. I was really scared because the fish was moving around everywhere. I got to look at its face, and suddenly I saw that I was looking at a shark. The shark kept moving everywhere and I saw him open his mouth. He had really big teeth and I knew that if he tried to bite me I would die. I started to scream really loudly but the shark was in my way! There was nowhere to go!

TJ and Annmarie

"JIPĀN! EWŌR KE EMAROÑ JIPAÑ IŌ!" Iaar laṃōj to laṃōj tak. BUUM!!!! Juon ainikien ekilep ewaḷọk im ebōjrak aō dipōkpōk. Juon eo eaar ḷọmọọren iō im kiiō eḷap aō ṃōṇōṇō. Ke ij reilōñtak ij lo Rose. Rose eaar no pako eo kōn juon aṃa.

"Kwolukkuun eṃṃool Rose, eṃṃan bwe ilo eok! Koṃṃool kōn aṃ ḷọmọọren iō," Iaar ba ñane.

"Kin jouj! Iaar kanooj inepata ke iaar lo an pako ṇe iten kūji kwe," Rose eaar ba.

"Kwōj et ijin?" Iaar ba ñan Rose.

"Iaar inepata kōn kwe im kōṇaan jeḷā eḷaññe eṃṃan aṃ pād, kōn men in iaar ḷōmṇak bwe in iten pukot eok," Rose eaar ba.

"Kwaar ke aikuj deḷọñ ṃweo kōṃṃan jān kouḷ im wōjke ko bwe kwon tōpar ijin?" iaar kajjitōk.

"Aaet! Ekaammijak! Ṃotak iaar erōm juon kwiin innām juon ḷaion. Iṃōṇōṇō bwe eṃṃan aō pād," Rose eaar ba.

"Ekōjkan arro rọọl ñan ṃweo Rose? Enana aō mour!" Iaar kajjitōk.

"Ijaje, ak ij kōjatdrikdrik bwe kōjro ṇaaj rọọl kiiō wōt," eaar ba.

"HELP! SOMEBODY HELP ME!" I yelled out. BANG!!!! I heard a loud sound, and the shark stopped moving. Somebody had saved me! I was so happy. I looked up and saw Rose. Rose had hit the shark with a hammer.

"Thank you so much, Rose, it's so good to see you! Thank you for saving me," I said to her.

"You're welcome! I was very worried when I saw the shark trying to bite you," Rose said.

"What are you doing here?" I said to Rose.

"I was so worried about you. I wanted to make sure you were OK, so I decided to come find you," Rose said.

"Did you have to go through the golden house and the jungle to get here?" I asked.

"Yes! It was very scary! First I turned into a queen and then into a lion. I am so happy I am safe," Rose said happily.

"How do we get home, Rose? I am very worried!" I said.

"I don't know, but I really hope we can get home soon," she said.

J.R. and Likita

"I jeḷā ekōjkan amiro rọọl ñan ṃweo," juon eṃṃaan erūtto ioon wa eo eaar jiroñtok kōmro Rose.

"Wōn kwe?" Kōmro kar kajjitōk.

"Eta in Kiāptin John im ña eo iaar kōṃṃane rojak jọọk eo. Kar ña jaintiij im juon raan iaar kōṃṃane ṃōttan rojak jọọk in bwe en bōk eok ñan jabdewōt jikin. Ij kwaḷọk wāween amiro rọọl ñan ṃweo." Eṃṃaan in erūtto eaar ba.

"Kwolukkuun eṃṃool! Etke kwōj pād wōt ijin eḷaññe kwojeḷā wāween rọọl ñan ṃweo?" Kōm kar kajjtokin Kiāptin John.

"Ij pād wōt ijin kōnke ij iakwe pād ilo wa, im kōn an to aō pād ij erom juon Kiāptin," eaar ba.

"Eṃṃan! Ak kiiō ekōjkan am rọọl ñan ṃweo?" kōm kar kajjitōk.

"Eḷaññe koṃro kōṇaan rọọl ñan ṃweo, koṃro aikuj bar pijaiki juon kejām kōn jọọk eo. Innem koṃro ej aikuj in al juon al in Ṃajeḷ. Al eo in: 'Jilu maroro jilu būrōrō ikōṇaan rọọl ñan ṃweo,' Ilo kajin Pālle ej ba, 'Three green, three red, can I go home?'"

"Kwolukkuun eṃṃool Kiāptin John!" Kōmro kar ba.

"Kin jouj," Kiāptin John eaar ba.

"I know how you can get home," an old man, who was also on the boat, said to Rose and me.

"Who are you?" we asked.

"My name is Captain John and I am the person who made the magic chalk. I used to be a scientist, and one day I made a magic piece of chalk that can take you to different places. I will show you how to get home," the old man said.

"Thank you so much! Why are you still here if you know how to get back home?" we asked Captain John.

"I'm still here because I loved being on the boat. I have been here for many years and now I am a captain," he said.

"That's great! So how do we get home?" we asked.

"If you want to get home, you have to draw another door with the piece of chalk.

Then you have to sing a special Marshallese song. The song goes like this: 'Jilu maroro jilu būrōrō ikōṇaan rọọl ñan ṃweo.' In English, it means: 'Three green, three red, can I go home?'"

"Thank you so much Captain John!" we said.

"You're welcome," said Captain John.

Calynda and Willmina

Iaar bōk ṃōttan rojak jọọk eo im pijaki juon kejām ioon pedped eo an wa eo. Ṃōjin wōt kōm kar al, al in Ṃajeļ.

“Jilu maroro jilu būrōrō ikōņaan rọọl ñan ṃweo.”

Ilen eo wōt kejām eo ekar peļļọk. Kōm kar reilọk ilowaan im lo kūlaajruuṃ eo. Eaar kanooj ļap am ṃōņōņō. Kōmro jiṃor iakiakwe Kiāptin John im diwōjļọk ilo kejām eo.

I took out the magic piece of chalk and drew a door on the floor of the boat. Then we sang the Marshallese song.

"Jilu maroro jilu būrōrō ikōņaan rọọl ñan ṃweo."

All of a sudden the door opened. We looked inside and we could see the classroom. We were very happy. We said goodbye to Captain John and went through the door.

Ruth and Julius

Kōmro kar kajju lowaan kilaajruuṃ im kanooj eṃṃōṇōṇō! Kōmro kar ekkāke kōn amro eṃṃōṇōṇō im kiiō edeḷọñtok Mr. Thomas rūkaki eo amro.

"Eṃōj ke amiro karreo?" Mr. Thomas eaar kajjitōk.

"Aaet! Bar tūroot ṇe eṃōj amro karreoiki im lo juon ṃōttan jọọk eṃṃan!" kōmro kar ba.

Ālkin, ṃaṃa im jemān Rose raar itok im bōk kōm. Kōm kar jepḷaak ñan ṃōko innām kōm kar pād ie im eṃṃōṇōṇō.

✳ Ejeṃḷọk ✳

We walked right into the classroom and were very excited! We were so happy that we jumped up and down. Then our teacher, Mr. Thomas, walked through the door.

"Are you done cleaning?" Mr. Thomas asked.

"Yes! We even cleaned the closet and found a cool piece of chalk!" we said.

Then my mother and Rose's father came to pick us up. We went to our houses and lived happily ever after.

✳ The End ✳

36
Nesie and Melinda

Authors

Kerry Alee
Melinda Manjideb
Aliana Milne
Jelinda
Nesie Joshua
Mwejak Isaiah
Annmarie Biamond
Shiko M. Gideon
J.R. Ailing Gideon
Carlson John
Jotak Kilo
Kai Jibas
Nelson Anjel
TJ Frank
Aaron Kaiko
Donnie Alik
Likita Katlong Julius Aaisler
Lanlōn̄ Nashion
Biem Alomia
Calynda Jeto
Miller Milne
Ruth Lang
Willmina George
Riel Enos

Made in the USA
Middletown, DE
22 July 2022

69900059R00024